句集

谷と村の行程

白井重之

文學の森

句集　谷と村の行程／目次

装丁　三宅政吉

句集

谷と村の行程

壱

平成九年〜一四年

春あけぼの泉の鳥は黄化せり

さくら稚し舟に父か老鶴か

詩人の睛《ひとみ》一個です万愚節

流水や蛍とどまる山暮らし

古家のおしろいくさい紙人形

甲虫産みつぐ谷よ沙《すな》よ照れ

秋霖やにわとりを抱く作務もあり

風樹と蜻蛉勉強部屋がらんどう

真葛原に鄙《ひな》歌《うた》うたううからどち

暗紅のカンナ戦争は終わらない

寝姿は魚形の子に秋きたる

雪で目鼻洗いそれから放浪す

あけぼのや丑年生まれに睨《にらみ》鯛《だい》

莽々と菌生える家に春眠し

人帰れば連翹全き色なせり

春田打つ峡の女を励まして

春星や風流れる方に枕灯が

春霞馬にも泣き貌のありにけり

貧乏や彼岸日中の飯のけむり

茗荷の子愛染の世のうまれかも

僕は白雨がすきで祖霊あつまる
いつまでも在る石に祈りし新秋

二上山《ふたがみ》に赤黒《せっこく》の松古色の鹿

袂から柿出して真宗熱心

丹《に》の馬が晩秋の波とあそびおり
高原の兎玉のごと走るかな

早梅や老僧のさかやき古びつつ

猫を空《くう》と呼んで白玉椿みたいに

母死後の通条花《きぶし》ほのかな昼下り

春落日おもてで遊ぶ瘋癲子

猫柳百人が百人撫でてゆく

藤の花遊行女《うかれめ》土師《はにし》の体毛多し

補陀落へ孑孑もゆくという日かな

満月下肛門きちっと締めるかな

ネズミタケの西に孤独のツキヨタケ

稲刈るや鞬鞀からの風におう

梟の真顔青眼というべきや

空谷や耳目のなかへ木枯一号

綿雪の重きを着るぞ山の女

冬至清朗お寺の鶏まんまるい

木の芽どき皇国すたれ曇りがち

阿多福豆が煮えても母不在

このごろ写経蟻のような字を書いて

茄子の馬お経のながき昼なりき

晩秋や米二升で寺に三泊

冬桜わが墓の前と後にあればよし

冬港人差指を灯しおり

咳の子の便所の四隅にさざ波

米搗いて天長節を思い出す

性夢かな海底のものみな動く

八十八夜の曼陀羅にオーラかな
虎杖や童貞童顔をつれて歩く

鰆きて嫁サの上に乗りにけり

田の中でぐらり青嶺の乱反射

谷の風古代米ぐーんと伸びる

桐の木の静かなること百日も

僕の生まれは谷の奥の秋の山
横丁に邯鄲あつまるところあり

なずな摘む青空無性にうれしさよ

麗しき山河瘋癲老人一人きり

老子は笑い上戸か梅ちらちらす

蛇と女陸《おか》の切れめで脱皮する

村じゅう栗の花女吐きにけり

山国の男は単衣で一片食《ひとかたけ》

水仙のあと茗荷が生まれ正客来《く》

弐

平成一五年～二〇年

冬麗にぐにゃとした妻の半身

墓原や姉の衣はモノトーン

細菌が雨にながれて初夏に
雨と少年流域にあればきれい

虹の下猩《しよう》猩《じよう》蝿《ばえ》のすてきな交尾

かたつむり山に生まれてよかったか

雨を乞う女と南瓜花ざかり

桶は要りませんか鳳仙花いっぱいも

居待月巨乳おそろい大八洲

馬の魔羅あるきりの雪明り

肺曇りがち発熱の女正月

恋猫ごろつく女子校のハレーション

鄙《ひな》の春口舌有耶無耶の老僧侶
尼寺へあつまる亀に亀が鳴く

封筒のなか蒼然と啄木忌

便器に乗って春の闇の気分

わが屋根に軍鶏のぼり青嵐

青大将一本と数えればジロリ見る

栗の花馬は毛深しあたたかし
てんとうむしだましを瞠る女かな

ほまち雨桐の花をだいじにす

白髪《しらが》大人《うし》老少不定の菊日和

黄金田の凹むところに妻を置く

水上の桃をつかめと少女言う

誰か野の水延《ひ》いている風の盆

沢蟹のペニスわからず台風来

秋の夜の臍性善の穴ぼこよ

拝啓秋死ぬる人は鬱金の中

豆を選り夜長のままに生きている

臍の緒の箱書きに秋とだけ

田爺死すとも自由は死せずとか

父母の骨壺の文字冬ざるる

喪の家に犬猫鳴けり二月尽

妻を揉みにわとり捩る四月かな

春の虹潜水艦がのっと出る
女に凝と見詰められ連翹になろう

擂粉木の遣い手めがけ亀が鳴く

生後数日たっているぞ韮の花

山のみみずとじたばたする母

駐在所まるあけにして卯の花腐し

合歓咲いて鳥はごきげん模様かな

これはこれは白脛と南蛮煙管かな

わが秋のわが体内に千《ち》五《い》百《ほ》の水

父の御《お》虎《ま》子《る》天日に干して勤労感謝の日

きさらぎの母の忌日雨余るほど

三月の水揺蕩《たゆた》えばオルガン鳴る

おらが春蓮如の本ひらいたまま

妻の所作おそいぞ鈍《のろ》いぞ春朧

ほうほうと土筆が伸びるにしひがし
ニオイスミレ老男は伊達おとこ

青葉地獄うしろの正面誰とだれ

少年やむかし袂にももすもも

ほうたるにぶつかる体の火照《ほて》りかな

多羅葉に蛍がくるよ白蛾がくるよ

茗荷の子ほろりほろりと生まれけり

学校へ行かない少年秋蝶打つ

北ゆけば北のまほろば曼珠沙華

戦争後一途に稲籾干している

鳥の本読み鳥目の秋きたるかな

妻の咳はげしくなれば縮《ちぢ》こまる

平成期のふきのとう不安そう
彼岸会に犬猫病院無音なり

日曜日セクシーな椿立てている
立山山中ぜんまい採りが快便す

春の蛇臆病癖あり美形なり

今夜この白魚灯っているような

土筆ヶ原にノッポの少年屈折す

野蒜摘む男と女匂い立つ

ふぞろいの婆らにっこり白木蓮

わらわらと万年床に桜ふぶき

丸い猫叩けば表層雪崩かな

軍艦に体当りする日本の蜂

桜の空文人軍人死に果てて
運動靴で蛇をあしらう八十歳

はつなつやふいに山田の虫わらう

天の意《なさけ》朴の花をいただけり

立山杉に圧《お》されるごとし青葉騒

蛍が一つ肌を伝いし老大よ

慈悲心鳥無為《なにもせず》とも男なり
なめくじに塩気の多い仏国土

ねまる牛しんかんとして走り梅雨

真葛原躓くたびに鳥わらう

致死量の月夜茸をもらいけり

白墨がよく折れる韻《おと》秋時雨

体内の水分ふえる瑞穂の国
からす去《い》ね三日月泣いてしまうかな

眉払う少女が女らしく秋の暮

赤んぼに産土の月のぼるなり

墓一つきれいにすれば秋の蛇

萩刈って天上の道ひろくなり

鳥渡るいもうと渡る川が濃し

クリニックに通いつめて野分かな

月夜茸きのうとちがう山に生え

晩年や荒地野菊の煌《こう》とあり

青猪《かもしか》が人になじむ郷《さと》の雪

白鳥来枢滑るがごとく行く

まんさくまだかという父に鯉食わす

十二月軍管区情報に猪《しし》情報

参

平成二〇年〜二七年

白梅にライトアップがおそろしき

村の石臼を墓にしてねむりたし

ぬり絵をも若冲の絵にせんか
妻や子に水いそがしき八十八夜

一村過ぎまた一村の栗の花盛り

女系家族の青梅うめよふやせよ

男ねて女ひそひそ蛍と寝入る

わが厨大銀河から水もらう

穂孕みを触っちゃだめ日本晴

水溢れミヤマアカネが村に来る

水瓶座の雫をうける宵の秋

古本屋日の丸揚げ鰤を食う

寒卵十四五個あり比丘尼寺

山姥に泣き黒子あり冬の夜

七十のからだほどけて冬桜

畦を塗る僕は一日濡れそぼつ

二ン月やたらちねの母陰画《ネガ》のなか

昔男ありけり爾来種蒔きにけり

老人のくそまる山わらび山

湖《うみ》というあそびたいところかな

かいやぐら春眠とごっちゃまぜ

空豆がとびだすソクラテスの実家

白萩やこの谷間出ぬ翁《おう》と姥《おば》

橡の実穫《と》るやーいやーいと山を越え

三十三才《みそさざい》父を掠めて母へ鳴く

草の芽のひしめくところに未来妻

春の雷耳垢さびしく落ちにけり

青麦はあおい陰毛《ほとげ》の印《しるし》かな

虎杖の森を歩けば快晴快便

山百合の白は山人の褌《みつ》の白

抽斗に蟬をねむらせ子のねむり

秋冥菊山乙女の胸乳にせまる

じんじんと真空管が泣く敗戦日

萱を負う母のすがたの一塊ぞ

通草採り他所《よそ》の山を自由にす

秋時雨鯨きている富山湾

鱒さんざん食べて夕日浴ぶ

金色の仏壇ひらき母春着

しくしくと饅頭を食う妻が春

白梅白波親不知駅を明るうす

三椏の花にまばたく若馬と

老僧の皺苦茶の手に初わらび

日本海軍の白服消えて薄墨桜

土筆たち鳥の会話をきいている

蛇交むながいこと交む水際に
放哉に果報な生物《なりもの》ナスキュウリ

妻といてなになにと鳴く小夜啼鳥《ナイチンゲール》
たけのこを綺麗に煮ている見好い女《みよいひと》

はぐれ蛍蓮如像に寄ってくる

とんとんと屋根は葺くべし立葵

鬼百合や死にどき思う夕まぐれ

父は丸刈り母は引詰めアキアカネ

十三夜老兵泣かせる消灯喇叭

酒呑老人の月光垢離とは笑止

きれいな姉鬼《おに》蜻蜓《やんま》に押されたり
無花果に唇《くち》を傷めている女

黒葡萄フランス軍の帽子に入れ
四方山の零余子が太る好日よ

きつね棲む痩田の主《ぬし》は偏固《へんこ》もん

一月や村じゅうが酒徒なりき

北風や防空ズキンはベルベット

村の牛産気だつぱわふるな二月

わらび煮てまた山へゆく女ども

青い山の下の物の芽に気触《かぶ》れ

春雨や死者の録画をくりかえす

母早く死に桜の里に父残る

別々の山に馴染んで薇採り

田が鋤かれ福島をおもいやり

一枚の青田に尿る太平楽

青田あおし柩はしろし村の西

水素爆発を知らず虹を見ていた

サルビア咲き白髪翁《しらがおう》の破顔かな

真葛原に妹埋まっている景色

純粋に稲生う日々のヒロシマ忌

秋がきてネパールの人と米食す

銀杏まだ青い涙《なみだ》茸《たけ》まだ白い

火の番のおらぬところに曼珠沙華

山々の暗さをおそれ大根引く

白色レグホンの胸は豊かに冬日中

赤紙をだれもしらない寒暮かな

牡丹雪になった妻が滲んできた
冷たい耳のきみを枯れた林で抱く

マント着た人を父かと牡丹雪

有磯海わらいあうような桜鯛

田螺のあくび農学博士に伝染《うつる》かな

わらび山初々しくて喜色かな

百合の山に月の燐《かけら》がありました
女よく眠り田水よく溢れたり

麦秋や二〇歳《はたち》は童貞の朝魔羅

黒百合に山の男が並び立つ

花石榴嘘つく舌のざらざらと

田を干せば蟹があおざめ通りゃんせ

いちじく煮るに日光やや弱けれど
烏瓜熟れるにまかせ村無人

秋の少女鳥を数える指の圧

荒草を踏みゆく妻は露のまま

萩散ればばばの柔《やこ》いおはぎかな

三日月がもうでています黄泉平坂

中学生こきりこ節を舞う晩秋

津波は青く赤く黒く―東北

人が逝き人があつまり熱い酒

雪明り軍服の父喪服の母

鼻毛抜くヒョーンと星降るXマス

従兄弟煮《いとこに》食って少し仲良き兄妹

幾《いく》年《とせ》も火種はこびし妻に雪

寒星うごく赤ん坊うごく乳足りて

雪兎死の明るさに耐えている

紙雛立ったり倒れたり風の春

耳たぶも剃ってもらいし春彼岸

あけぼのや母の刺繡の蝶が発つ

豌豆の芽がでて日の丸たてており

眼球に霞か雲か鳥は不明

父の杖蝶がとまれば父甦れ

花蜜柑わずかに匂う通夜の家

立山の氷河飛びこす鳥白し

生国のボクサーいまはキュウリ栽培

家ぬちにふくらんでいる竹夫人
涙目に青田の母が溶けはじむ

にんじんの花白いとき人は逝く
蛇と曲折あれど殺さずに

えんどうむくあおくさい女の一夜

猪《しし》のヤロー稲の花を嗅ぎにけり

己《わし》が村紅葉酒に酔いまする

木枕して新月愉しむ漢《おとこ》かな

ああ星が濃いと言って妹夜見へ

大鳶山《おおとんび》の鳶の遣《つか》い秋はじめ

秋日落ち山姥の喉ひゅーと鳴る

豊葦原西に野分東に花野

氷河期あったとさ夜寒になったとさ

うそ寒や水引の金銀うそっぽい

俺たちは戦争しない芋虫ぞ
老農となりて虫の国がわが国土

フクロウの首三百六十度に冥王星

「おいこら」と妻を呼ぶ霙の日

点滴はこころのかげる日にうける
香典をふところにして冬銀河

忘咲風の死角にすみれ草

霙るるやサーファーの睾丸《きん》凍え

水仙の辺《へ》にわが残る生《よ》があり

建国祭子どもの春歌のどけしや

母の忌の二月以後の白内障

妻いつも手疵《きず》している日永かな

きょう我は桜鯛食す以下略す

生前葬の甘茶のむべし八十八夜

北枕がよく眠られる春の闇

あったらもんな金平糖が春の核

リラ淡白父の柩出すときも
黒猫が美技のごとく陽炎に

畦塗りの小さな平野大好きぞ

青野より立山へゆく草ン馬

草ン馬＝夏場だけ山へやる馬

裸足で入る瘦田の鯉を追うことも

もえるかもしれぬ薔薇一抱え

小国民栄養足らず瘋癲翁に

日照雨老懶の日に眼の手術

遠雷や補聴器しばし風のなか
鳥の番人希望です青い目しています

回覧板届けわすれて野に立てり
コンタクトレンズ暗緑の地に落す

麦扱《こ》きのおごそかな音半眼に

村はからっぽ虹の足が墓標かな

鯰もとめて故里へきたオッジャかな

オッジャ＝弟

諸君赤腹は優雅な性愛の主《ぬし》だ

ゴムまりのような嬰産み秋初

山ぶどう競争でとる小国民

月に飾る女体であるよ丸い石

墓石いろいろいろ大雷雨の敗戦忌

猪《しし》料る真宗門徒ご一同

妻もまた負けず嫌いやカンナ咲く

辞書開き月光一切載せましょう

水馬のごと遊んでいたし稲の花

雲々や零余子転げて能登半島

新米食ぶ耳目の衰え知るもんか

荒涼と海鼠の上に月の顔

けあらしに身体髪膚海のいろ

累代の母は短命冬ひばり

真宗信者美形なり雪掻す

人つぎつぎ死ぬ水仙つぎつぎ生《お》う

雑本の山がくずれて猫わらう

風花す骨酒の輩《やから》海臭い

雪礫尼僧のアンダースローうつくしや

細《こま》い弟《おと》川原で焼いて冬の骨

句集　谷と村の行程　畢

あとがき

二十年前の平成八年に第一句集『わが村史』を出して以後の句をまとめた。『わが村史』のとき、〝地方史のことでも書いた本か、流行の自分史のようなものと見紛う名の句集にした〟と書いたが、こんどもまた『谷と村の行程』としたのは、自分の村の〝地誌〟のようなタイトルだなあと思っている。どうやらいつまでも「村」に拘っているといえる。

昭和二十九年の町村合併で私たちの村は「立山町」になり、立山町東谷地区となった。合併以前は「東谷村」であった。区域（町内）の東部の山を背にした谷の多い村々だったからだろうが、明治の半ばに「東谷村」と定められている。

現在十一集落ある地区だが、そのうち五つの集落に「谷」の名がついている。「四谷尾」「谷口」「虫谷」「六郎谷」「谷」が示すように、山々を割った谷間に集落がつくられている。私の集落「白岩」だって谷の裾に位置している。山があるから谷があるわけで、古い時代から谷の出口に住いをつくり、そこに大小の村を形成してきたのである。

私はこの白岩という村から一歩も外へ出て暮らしたことがない。この地で生まれ育ち、生活し年老いて一生が終わるだろう。いまとなれば、そんな境涯を冷静に思い起こしてみて、憮然たる想いがないこともないが、誰かのセリフじゃないが、〝これでいいのだ〟とするしかない。

ずっと溯るが、少年時代から絵を描くことが好きだった。漠然とだが将来絵を描いていける仕事につきたいと思っていた。しかし、それはとても無理なことが直ぐに分かった。成人して勤めと兼業の農業のかたわら、読書に励み小説のまねごとや詩を書いたりしたが、ものになるわけがない。

その後、同じ町内の医師であり俳人の家木松郎先生に出合ったのが、俳句の世界へ飛びこむ決定的要件であった。これを機に「海程」主宰金子兜太に師事することになったのである。

さて、往きつ戻りつするが、いくつもの谷を背後にした村での暮らしが長くなった。まことに狭い範囲に生きてきた人間が表現する俳句という詩型は、私にとってもっとも相応しいものだったと思っている。

昭和六十三年八月に亡くなった家木松郎先生、もう三十年近い年月がたったが、その恩情を忘れたことがない。ここにまとめた俳句を先生がご覧になったら、なんとおっしゃるだろう。「相変らず進歩していないねえ」といわれるかもしれない。それでもいいと思う。

この句集を編むにあたり、俳句仲間の「海程富山」と「みのり俳句会」の皆さんに日頃の感謝と、出版の労をとっていただいた「文學の森」社の方々にお礼を申し上げます。

平成二十八年七月

白井重之

著者略歴

白井重之（しらい・しげゆき）

昭和12年　富山県立山町生まれ
昭和44年　俳人家木松郎先生を知る
昭和47年　「海程」福井勉強会で金子兜太師に初めて会う
　　　　　「海程」5月号から投句
昭和49年　海程新人賞受賞
平成8年　句集『わが村史』刊行
平成9年　海程賞受賞
平成25年　富山県現代俳句協会会長
現　在　俳誌「海程」同人・「海程富山」支部長・
　　　　　みのり俳句会代表・現代俳句協会会員

現住所　〒930-3224　富山県立山町白岩44

句集

谷《たに》と村《むら》の行程《こうてい》

平成俳人叢書
発　行　平成二十八年九月四日
著　者　白井重之
発行者　大山基利
発行所　株式会社　文學の森
〒一六九-〇〇七五
東京都新宿区高田馬場二-一-二　田島ビル八階
tel 03-5292-9188　fax 03-5292-9199
e-mail mori@bungak.com
ホームページ http://www.bungak.com
印刷・製本　竹田　登

ISBN978-4-86438-558-9　C0092